U0139904

目录

视觉语言丛书·序

Visual Message Books (视觉语言丛书)是由旅日平面设计家和出版人朱锷先生主编、设计并撰文、全面性、系统化介绍日本设计师和设计动向的丛书。令人赞叹的是他花费了几年的时间，亲自走访了几乎每一个设计师，和他们交谈，对他们进行采访，与他们一起整理资料。本丛书几乎包括了战后日本设计史上老、中、青几代设计师中的主要杰出人物，更难能可贵的是每一册作品集中，还收入了这些设计师各自独特的思维、创造过程和制作过程，使丛书具有很高的学术研究价值。

在后现代消解一切的时代里，在消解经典、消解权威的同时，更需要的是冷静的研究、理性的阐释，在这样的时代氛围中把日本几代设计精英完整地、如实地摆到中国的设计师面前，为走向21世纪的设计艺术和设计审美文化的发展提供合理化借鉴，应该是朱锷先生耗费近7年时光来构思和筹划这套丛书的基本出发点和意图。

本丛书介绍的设计师都有着彼此不同的理论模式，持有各不相同的见解，各自用自己的作品阐述着各自的设计思想。在一套丛书中如此集中、系统地分析、介绍一个设计大国的设计动向，在世界设计图书出版界里也并不多见。书中详尽的作品点评和制作过程剖析以及图片资料形象地阐明了平面设计的主要原理，相信本丛书定能给大家带来许多启示。

本丛书点评的每一位设计家的作品集均由作品部分和制作过程剖析两部分构成，并都配有设计特点评介。本丛书面对中文读者，但为了专业人员查询资料之需，一部分附有英文对照。

作为艺术指导
户田正寿

多少年前，在设计创作时，我基本上从头到尾都是一个人包干的。

但是，现在不仅仅是设计界包括其他任何一个领域在内，一匹狼式的工作方式已经是很少见了。

艺术指导的工作性质，在我看来和电影导演是一样的。

电影导演从选演员开始，到定音乐、定美术、选小道具、定照明等为止，都在他的工作内容范围之内，此外，更重要的是他还要把各方人才的长处集中起来，并且有效地使用到自己导演的作品中，来完成自己的意图。艺术指导的工作范畴虽然没有电影导演那么繁杂，但基本精神还是一致的。

作为艺术指导，他首先要做的工作是决定创作概念，定了概念之后，就要挑选合适的创作人员，创作人员包括摄影师、模特、形象设计师等。挑选创作人员时最重要也是最关键的事，是一定要合适那个创作概念的，否则，即使那人再优秀，也还是不用为好。

在创作人员中，不乏有较强自我意识的人，但那种自我意识对于艺术家来说是很重要的，是否适用在设计世界里却是应该斟酌的，作为艺术指导在这个时候更是应该很明确地知道自己想要什么。

艺术指导要做的不是按着个人喜好去做事，要做的是明确地表述出他对好还是不好的态度，是否能清晰果断明确地做出判断是决定一个艺术指导称职与否的根本所在。

最后到了开始印刷的阶段，从这时开始，艺术指导开始进入真正属于他一个人的世界。是否完整地表现和反映了自己所要的那种画面感觉？是不够还是过了？原因又是什么？到什么程度恰到好处？到什么地方见好就收，这些对于艺术指导来说都是非常非常的关键，说一步之差、性命悠关都一点也不过分。

在这个世界中，在这个过程里，作为艺术指导，向他挑战的是他自身，他要战胜的也是他自己，非死即亡，一点也不含糊的。

户田正寿·红白情结

朱 锷

现在想起来那还是 1997 年秋天，9 月底 10 月初的时候，已经移居到纽约的好友、展览会策划人宫本武雄和长驻纽约的美术报记者今井玲子突然回到东京，一起给我打来电话，说同去参加由他们策划的世界优秀海报展的开幕式酒会。看到户田正寿的二张 1030mm × 1456mm 的大尺寸海报《VIVRE21》原作，就是在这个展览会上，一张是在海报画面的顶上方，一张是在海报画面的中央，白色底上各自顶天立地着一个类似于巨大现代雕刻的好像又不像嘴唇的红色奇异构造物，白的雪白、红的血红，惊心动魄。

红色的色性极游离，并不是一种稳定性很好的颜色，用好用坏很微妙，性质有点像中药里的砒霜，恰到好处，是救人，稍一不慎，则有喝死的危险。红色不像蓝色和黄色那么容易安定，比较一下与蓝色在一起的红和与黄色在一起的红，就可以知道红色是随周围的颜色而明显地变化着它自身的色彩感觉的。红色既是血液的颜色，又是火的颜色，还是最具有生理刺激性的颜色，更是人类生命的象征，也许正因如此，红色同时又背负着浓厚的文化背景和内涵。

在白色边上的红色最美，对这一点，我从未怀疑过。白色有着尤如处女般清纯无垢的本性，自古以来一直受到尊敬，白色又是与天界相连，具有神性的人间颜色，在视觉上离人们很近、在精神上离人们又很远。然而，在如此纯洁的白色上一旦加上了红色，瞬间便会有从天上人间到了地上凡界的感觉，相对于天上清澈阳气的白，红是地上世世俗俗的阴。所谓色彩的真实一定是向人展现易于记忆的视觉空间，或是从未有过的视觉体验。

户田正寿的这两张海报的别具一格处除了在于其中体现的东方情结外，最特别的是它的游离的精神状态，游离于远古与现世、游离于已知与未知世界神秘关系间的情绪。户田的这件作品，预示了现代海报设计的一个新的觉醒，即我们如何找到一个让人工物和自然物互融的切入口。由此可见，户田的前卫性在于不只是想和说，而是着着实实地先行了一步。户田在维护现代设计的尊严和开拓新素材新媒体方面很执著，他之后用 X 光摄影来创作作品即是很好的一例，他常常用作品告诉我们他所发现的那些物质与物质之间神秘的关系。他不同于其他人的是不过分注重人对物的能动感受，而强调人自身的能动思维。人们习惯于将技术与思维分离，户田却是自觉地游离于两者之间，如同《VIVRE21》中表现的那样。

酒会散了以后，踏着东京秋夜的凉风，我们又走去喝啤酒，一路上在我眼前游来游去的竟都是些红红白白、神神秘秘的奇异物体的影像。依稀听到有人在问我什么，我不自禁地答说："要出版，要出版！"听者满头雾水，只道："他魔症了！"

但我心里很清楚：我决定了什么。

Message Poster   "莱登君"

正在尝试通过视觉语言来表达自己对人类和社会的愿望与希望。经过由来源于哲学概念直至制版核对的、精致周密而且动力主义的系统工程所完成的作品，具有一种从观赏者的眼睛，流畅地传递到心灵深处的神奇力量。

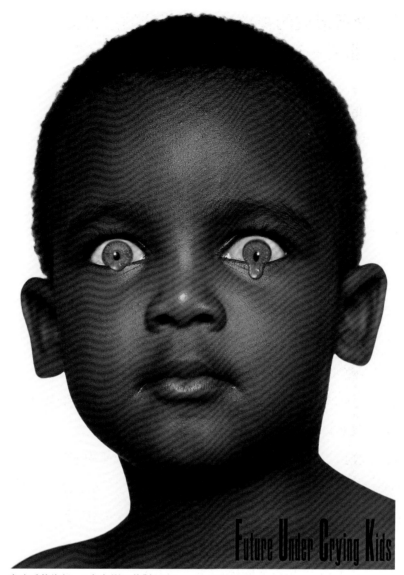

Future Under Crying Kids

完成后的海报，8色印刷 B 倍版(1030mm × 1456mm)

草图

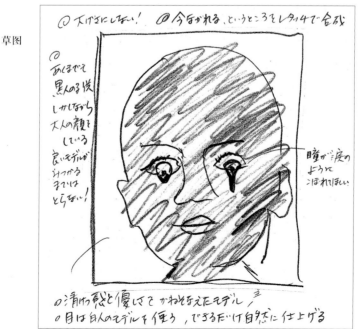

彻底是黑人儿童、但是大人的脸
不找到好模特不罢休，
瞳孔像泪一样溢出，
具备清洁感、温顺感的模特
眼睛用白人模特、尽量完成的自
然。

12

把由明快的哲学概念所形成的视觉要素和简洁的广告文案融合在一起。作品带着一种新的生命力开始叙述内容。

1995 年，集中了全日本美术指导的东京 ADC 协会在迎接建会 40 周年之际，总数达 70 人之多的会员提供了以《环境》、《爱滋病》、《差别》等为主题创作的作品，揭开了旨于向全世界传送讯息和展览会 "来自东京的海报展" 的帷幕。户田正寿从周游世界的见闻里积累起来的经验中真实地感觉到由于人种和宗教而造成的差别实在是根深蒂固。所以他要发起挑战，要制作一幅海报来呼吁：这种差别是毫无意义的。

信念性海报始终是把内心想传送的信息通过视觉表现来构成的。在把反对这种差别的心情还原到视觉的时候，户田正寿决定把对世界上存在的这种差别现状的悲哀＝眼泪当作视觉的主题。但仅仅是流着眼泪的照片，全世界到处可见，太多了，从某种意义上来说，已陈腐不堪。把涌出眼泪的瞳孔本身画成像眼泪那样流出来，让无限深沉的悲哀浮现上来，有了这样一种前所未有的新的视觉构想，作为一张音讯海报的轮廓就渐渐地显现出来了。

另外，如果要向全世界发送信息，户田正寿还有这样的想法：想把创造世界明天的孩子们摆在视野中心的位置上。在二连作的一张中，户田正寿起用了儿童模特儿，以黑人儿童作为主体，配以使用 10 岁左右的白人儿童的瞳孔，再加上制作者是日本人。用三个不同人种协调配合在一起的形式来完成这种工作是因为想使观赏者浮想起人为地制造不同人种之间的障碍是毫无意义的。还有另一张作品也是用黑人和白人的模特儿，以及日本人的制作者，三位一体做成的。

这样形成的明快的视觉语言，再配上简洁的标题文字，并且文字通过视觉处理，整个画面融合成为一体时，海报就可以传达出作者想要传达的明确意念了。

正像是上天启示所得到的构思，绘好素描草图，再把细节的意念描绘进去，最后加上形象的实体。

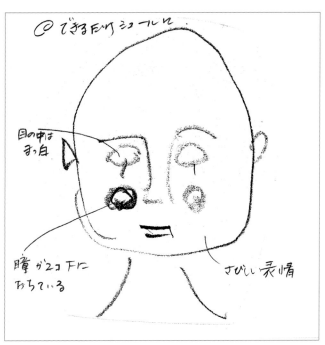

尽量超现实：眼睛里是白色，瞳孔向下坠落；寂寞的表情

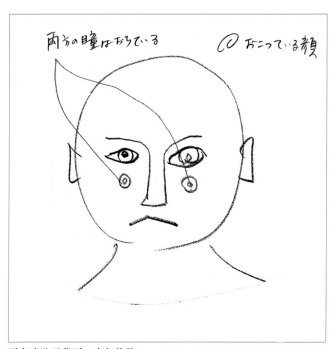

两个瞳孔要落下；生气的脸

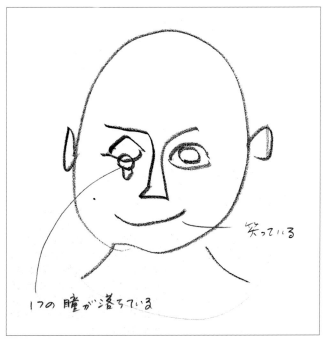

一只瞳孔溢出；笑着的脸

泪，极端立体、做成分不清是玻璃还是晶体的泪

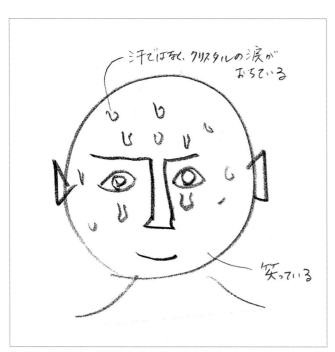

落下的不是汗水而是晶体似的泪水；在笑的脸

裸体的儿童；流淌两滴真实的泪、在其中放入睫毛

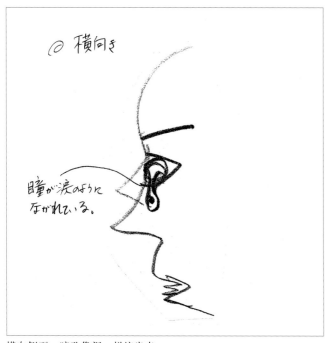

横向侧面；瞳孔像泪一样流出来

在创意阶段的时候，户田正寿画了很多肖像的素描草图。画面上使用黑人儿童和泪珠的形象的创作的思想虽然早就已经决定，但是为了发现儿童和眼泪的关系，户田正寿做了大量的细节描绘探索。为了强调含着眼泪的笑容连把眼泪画成立体的侧脸等等的构思也都考虑到了。

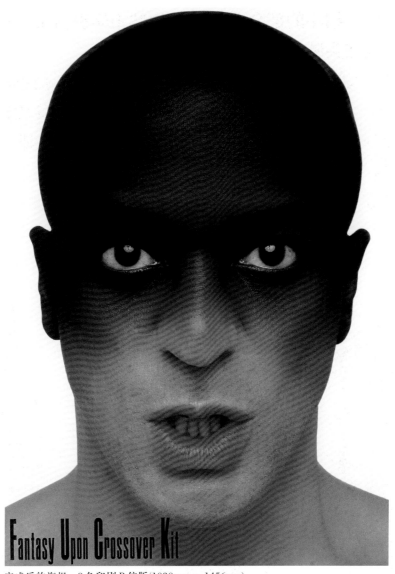

Fantasy Upon Crossover Kit

完成后的海报，8 色印刷 B 倍版(1030mm × 1456mm)

草图

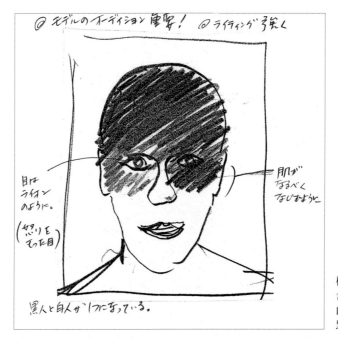

模特挑选极其重要，照明要强。
含有怒气的眼睛像狮子一样，黑
白皮肤的连接处尽可能有融合感，
黑人与白人成为一体。

决定了创作思想后，细小的部分在创作者的脑中浮现出来，一个完整的创作形象在头脑中就开始走向完成。

另一幅海报是把黑人的脸和白人的脸上下合成为一张脸，把不同人种的不同个体的脸合二为一。挑选模特儿、从电脑设计开始到制版……向在脑海中浮现出来的虚体进行形象化表现的挑战。

当终于探索到带着自然的表情和强烈的黑眼睛和像流泪那样的眼睛两者合成之时，在创作者的脑海里好像看到了这种海报所传送给人们的形象。

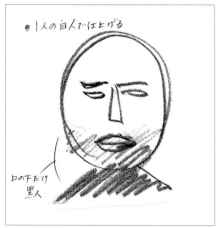

以一个白人来完成，只是嘴的下方是黑人

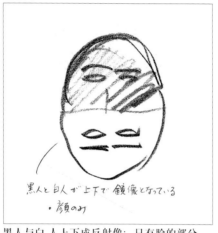

黑人与白人上下成反射像；只有脸的部分

一个模特，左右分隔成黑人与白人

周边黑，越向中心靠近越白；模特一人，黑人

两个白人和黑人模特结成一体，不分界限

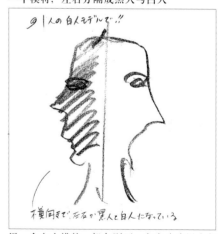

用一个白人模特、朝向则面、左右分成黑人与白人

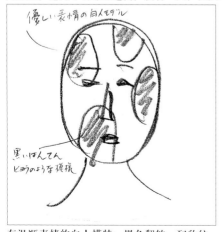

有温顺表情的白人模特；黑色翻转、配豹纹

颈部以上是白人，颈部以下是体格强壮的黑人身体

素描草图画到白人和黑人的脸面是如何联系在一起时就可终止了。把两张脸合二为一的时候，也只要哪一个脸朝上或朝下即可。另外，户田正寿也试过把两个脸用后头部连接在一起，还尝试把它搞成斑驳花纹。通过各种尝试，他最后判定，把上面是黑人和下面是白人的脸合成起来，是最具有视觉传达性。

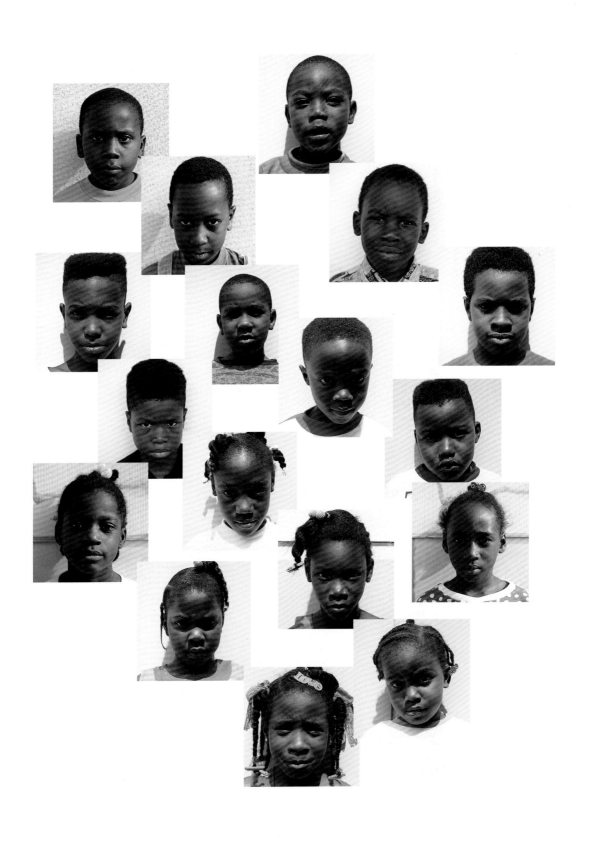

部分参加挑选的模特(大约200人)

在创作者脑海中已经明确了的形象,通过与模特儿的结合，作品就开始走向具体了。

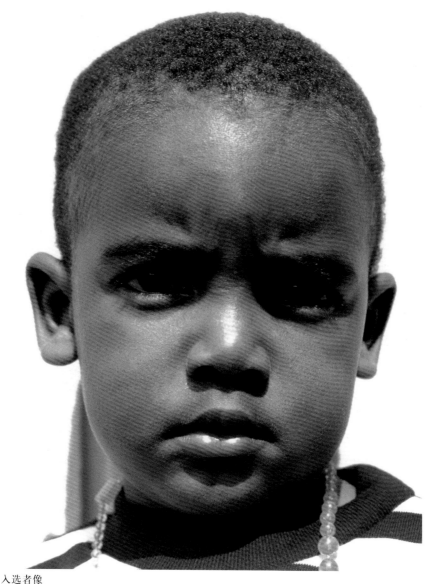

入选者像

这时的海报、儿童模特的好坏是决定作品成败的关键。所以户田正寿这次特意没有使用模特公司的专业模特儿，而是请人从居住在日本的美国人的家庭中去寻找合适的人选。实际上，当时户田正寿选考了200多个儿童，从中选了几个6岁左右的小孩，他们都是聪明、纯真、同时会表演一些稍微复杂表情的孩子。

虽然使用电脑技术，但又不让人觉到机械的冷漠感；为了能尽量做到表现自然，在制作时下了很大的功夫。

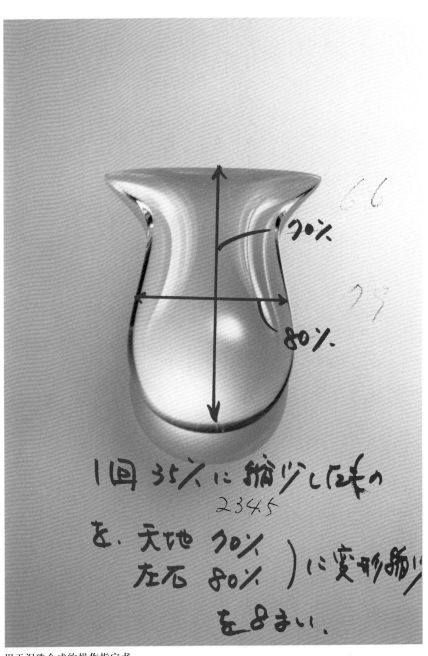

决定采用仅有一只眼睛，仅有一滴眼泪。为了使这个血与汗的结晶作品尽量显得自然，不矫揉造作，户田正寿从电脑设计开始到合成为止，都经过了详细周密的计算。

用于泪珠合成的操作指定书

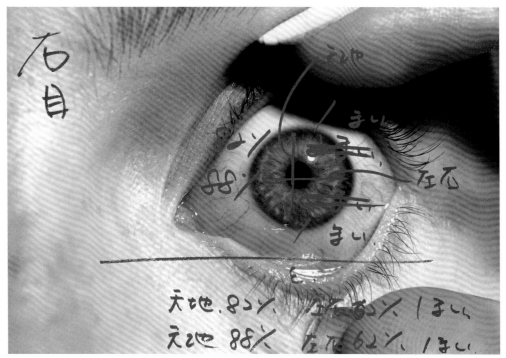

用于眼睛合成的操作指定书

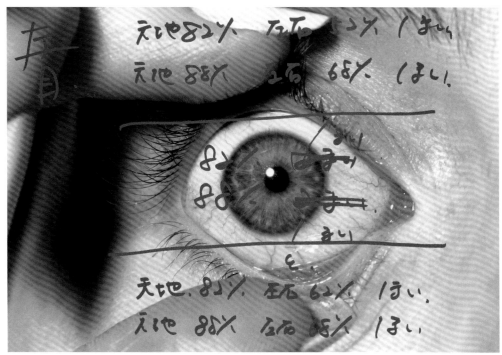

用于眼睛合成的操作指定书

为了让儿童模特儿一步步靠近创作者脑海中的创意形象，在摄影棚中反复进行了多次试拍，直到与非专业演员的儿童模特儿的交流能充分进行为止。

从200多个应试者中挑选出来的黑孩子叫莱登，是一名在驻日美军兵营中居住的儿童。实际上见面后户田正寿才知道，莱登很聪明，既有儿童特有的无忧无虑，同时脸上的表情又像是一个大人似的。

由双亲陪伴来的莱登，在拍摄前，或许是因为母亲就在身旁，一副松弛宽舒的表情。但是，在摄影棚里笼罩着各种各样照明灯光下、摄影师大声叫嚷的某种紧张的气氛里，一到实拍时，莱登总是不能做出放松的表情，为此，使用了大量的胶片，不过，花了九牛二虎之力，之后，经过努力地与他交流、启发，随着时间的流逝，他脸上总算慢慢地流露出宽松的、既丰富又自然的表情。

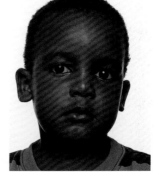

进摄影棚后在正式开拍前的热身试拍

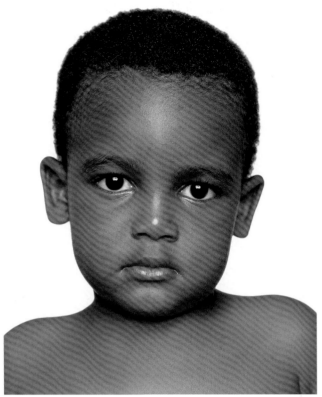

试拍稿

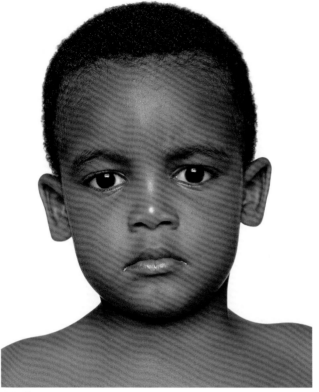

试拍稿

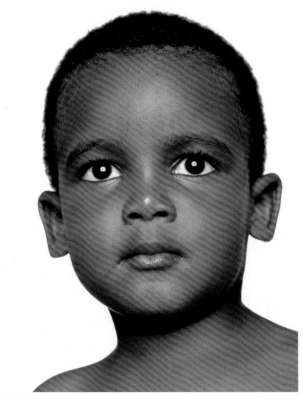

最终决定稿

视觉语言的表现

在意念海报中，艺术形象与广告语的关系未来存在于正在哭泣的儿童之下。这句极具悲伤意义的广告语用英语出现在海报画面上："Future Unoder Crying Kids"。户田正寿通过活版铅字把这句英语中四个单词的第一个字母用大号铅字排版。这样一来，语句的意义就改变了：压缩成一句激烈的骂人的脏话FUCK(操×××)，好像是画中的儿童朝正在读海报的大人射来的一支充满怒气的箭。这是户田正寿变魔术似的一种独创的设计。当户田正寿委托我，希望为日本的新闻周刊杂志《AERA》的宣传海报撰写一句在世界范围内都能通用的英文广告语的一瞬间，户田正寿创作的视觉形象语言已经明确地告诉我这句英语广告语应该怎么写了。

蓝眼睛的黑人少年正在流泪。仔细一看，那不是流泪，而是正在溶解的眼睛本身。现代海报基本上就是由视觉设计和引人注目的广告语构成的。也就是说，是由艺术指导和广告语撰稿人两者组合起来进行制作的。这与过去的日本向历史悠久的中国学习国画中的书与画之间的关系很相似。接受户田委托的情景，已经有点记不清了，好像是一起去纽约拍摄外景时在酒吧喝酒的时候。

与户田正寿先生合作已有20多年了。我们俩人磋商问题几乎都不在会议室里，多数是在轻松而又富有想像力的场所。当时，与户田正寿先生闲聊的话题是从爱滋病开始的。这个20世纪绝症会给儿童的未来带来怎么样的不幸呀！另外还谈到全世界的大自然环境正遭到破坏的问题，它同样会摧残儿童的身体健康。还有，在地区纷飞的战火中，生命是多么渺小、脆弱，不知如何是好；作为一位哲学家、艺术家和一个普通人的户田正寿先生的苦恼都融化成了这张海报。通常，制作一张海报，经过计划、摄影、设计、印刷等工序所花的时间大概要2-3个月。但是，这张海报，凭他天才般的创意和周密的计算，仍然花费了他长达半年之久的时间。但是，一张在世界各国连连荣获大奖、被收入了教科书、带有巨大冲击波的海报终于诞生了。

广告撰写人真木准。

Message Poster 《AERA》

传媒文化是一种紧跟时代进程，展示世界新模式的文化。具有这种文化素质的传媒工作者们，以特殊的技术和思路，去伪存真的视觉表现形式，使读者深切感受到其敏锐的洞察力。

封面是反映杂志理念的镜子。拍摄具有时代潮流的艺术家、政治家、企业家的肖像，正在向人们传达崭新的信息。

1988年，已经有100年历史的、具有代表性的日本传媒先驱的朝日新闻社，推出了以崭新概念为根基的朝日新闻周刊杂志《时代》。从该杂志创刊起，户田正寿就担任其封面设计的艺术指导。从一开始组创人员们就决心将

摄影原稿

印刷墨稿原件

该杂志办成能与美国著名传媒《Newsweek》、《TIME》相媲美的高质量的、引导时代潮流的杂志。

日本的周刊杂志封面经常使用当代名人、明星的照片。户田正寿认为这不符合《朝日新闻周刊》的形象和志向。

他提出了以摄影师的艺术性为基点，每次都应将尽善尽美的肖像作品用于封面。

这种场合被拍摄对象，并非只是一个简单的名人，而是在世界舞台上从事着一流工作的人——对社会有着重大贡献的人，他们是活生生的艺术家、政治家、企业家。摄影师要拍摄出这些人所酿造出来的时代感，以视觉效果表现出当今世界所追求的东西，无言之中传达出《时代》杂志的时代性和方向性。杂志创刊后的第一年，由于知名度不高，很难得到理想的封面人物。随着摄影师坂田荣一郎的工作热情和表现，产生出高质量的作品，逐渐被人们接受。从某种意义上说，作为艺术家的摄影师的工作热情等同于任性、专注，所以必须留意营造一个摄影现场和编辑部能接受的工作环境。

目前，《时代》封面所刊登的人物都是来日本访问的著名人物、以及日本国内名人。至今总共已达500多人，并且无一重复。如果今后封面人物肖像积累到500人、1000人，该杂志就能与《Newsweek》、《TIME》并驾齐驱被世界所认识。

制版印刷后的样稿

完成品

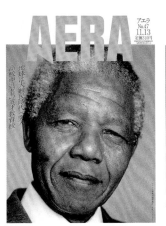

从创刊开始的字标形象变迁

杂志是以时代为源泉的生命体。作为杂志的概念的集约表现的字标，是应该与时代相呼应、循序渐进的。

户田正寿为《AERA》艺术指导的工作，是从为杂志命名的阶段开始的。为了创办一本全新的引导时代潮流的杂志，决定委托能将时代特点、言语化表示的文字专家来为其命名。

曾征集到100多个提案，最后选择了《AERA》(拉丁语，时代之意)，尽管当时曾被报社内的人评论为难读和过于新奇，并未得到好评。在设计字标形象时，注重《AERA》精神的新概念，采用稳重而直率的形象设计和平易近人的黑体字。

字标形象的基础是视觉性，看得见的东西，同时又能直接地反映出时代精神和潮流。

另一方面，考虑到杂志的销路决定品牌效应时，要听取各种意见，在坚持新概念的基础上，又不得不吸收各有关方面的建议和要求。

对于难读这个意见，改变图案设计确有一定困难，于是，加上《AERA》的片假名，翌年，当《AERA》渐渐为人们承认后，这个片假名也被删去了。

另外，虽然杂志的基本概念不变，但时代却在不断变化。因此，杂志的字标形象也应随之改进变化。《AERA》的字标形设计也悄悄变化了。如右面，发生了一些变化，以跟上时代潮流，这正说明了杂志是以时代为源泉的生命体这个道理。

同时从确立形象设计观点来说，要坚持字标形象，变化不应太大，因此，最初一两年内，字标色彩，固定为金红色，不再改变。《AERA》品牌的个性形象，与时代同呼吸并顺应着时代变化，最终成为时代的象征。

AERA

AERA

AERA

AERA

AERA

AERA

最初使用的字标形象
参照了朝日新闻的字
标形象

创刊一年后已经普及
的版面并参照了朝日
新闻的字标形象

加注了"AERA"的日
语发言文字

改变了整个文字段
落，只有"A"文字没
有改动

全部整理为长方形字体

改R字体为长方形字
体，留少许间隔

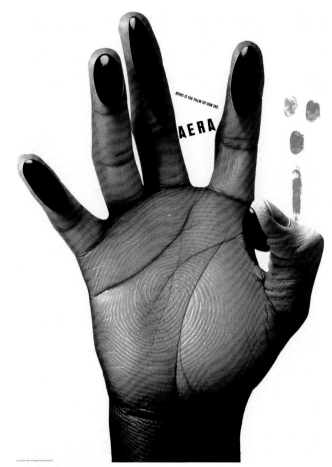

8 色印刷完成的宣传海报，B 倍版(1030mm × 1456mm)

7 色印刷完成的宣传海报，B 倍版(1456mm × 1030mm)

意念性宣传海报是以强化引导舆论的杂志形象、强调真挚报道的风格为主要目的，使读者留下深刻的印象，用代表着每个人的命运的手和指纹作主创形象，无声地传达传媒的特殊形象。

《AERA》是日本最有代表性、最优秀的杂志，并被社会公认。随着销售成绩的顺利提高，1994年，杂志社提出制作《AERA》意念性宣传海报的计划。同年起便产生了传达《AERA》文化形象、具有真挚的报道风格的意念性宣传海报系列。

户田正寿也以要能被大美术馆收藏的心情，每年二次，持续着B倍版(1456mm × 1030mm)大尺寸海报的创作。

这种意念海报的创作思想，着眼于"人"，即世界上所发生的事件和日常生活中的主人公，以及传媒报道由此相关的人们，以人体各部分为主题展开的。

1999年的主题是"手"。手相与指纹是因人而异，乃至全世界人类中无一相同重复。这暗示着各人的命运。总而言之，也象征着人类的命运和未来。捕捉这血管中流淌的热情、源泉、活力，也表现了《AERA》工作人员的工作形象。例如，凸出手掌的指纹，或并列拍摄白人和黑人的手。这更容易直观地、具体地表达具有象征性的视觉效果。

这组意念海报系列，在创意方面，表现技法方面，也时时迎接着新的挑战。因此，也有失败、也有不安，但在新的一年来到时，大家又以崭新的构思和技术迎接考验。这也就是《AERA》的形象。

充分发挥想像力后，可以安心地等待(休息)，时间本身能够选择，决定其形象。

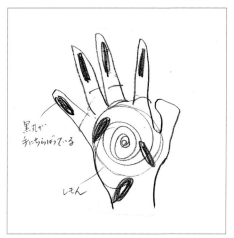

黑圆点在手中分散，指纹

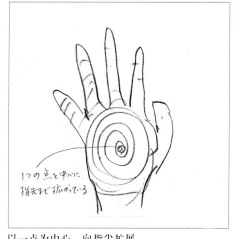

以一点为中心，向指尖扩展

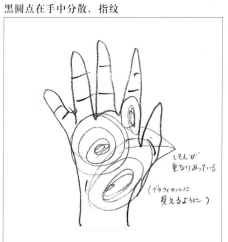

指纹互相重叠，(平面状、可以看见)

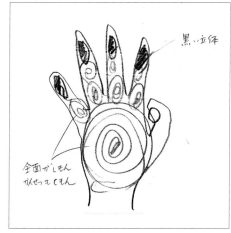

黑色立体，全部指纹，关节上也是指纹

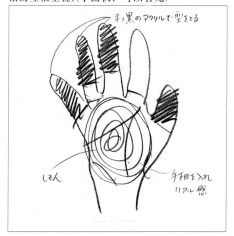

用黑色丙烯取形，指纹，添入掌纹，加强真实感

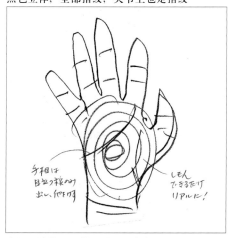

掌纹用清楚可见的纹线，抹去其他纹线，指纹尽量真实

只有指尖部是血管，红肥丙烯的8根手指分散开

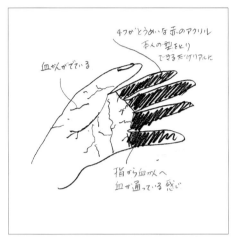

4个透明的红色丙烯，尽可能真实，突出血管

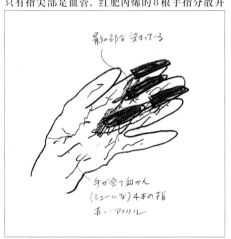

阴影部染红，逼真的红色丙烯

一部分脱落，(彻底超现实)

染阴影部，手全部是血管(超现实的)4根手指，红色丙烯

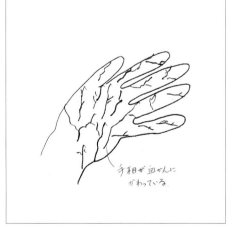

掌纹变成血管

户田正寿的这些草图告诉我们在创作过程中首先在思考时应该充分地自由发挥头脑中涌现出来的想像力，捕捉到闪光点后，可以暂时将它忘却。因为形象的选择，必须遵循时间与过程的客观性。其时再进行去伪存真的艺术加工，形成最终造型。

尝试探寻和脑海中的手的形象造型一致的实物，是户田正寿发挥想像力的最初工作舞台。

拍摄初期作品，应用电脑技术加工，最终制成提炼过的真实图像；当然，这种图像应该以素材为基础。《AERA》广告系列中所使用过的"手"的图像多达数十人。所选择的手，并不在于仅仅只注重表象上的"手纹"的美，而是富有质感和真实感的手。户田正寿与工作人员一起仔细审查从众多的模特中选出了一人。

挑选模特时拍的一步成像成照片

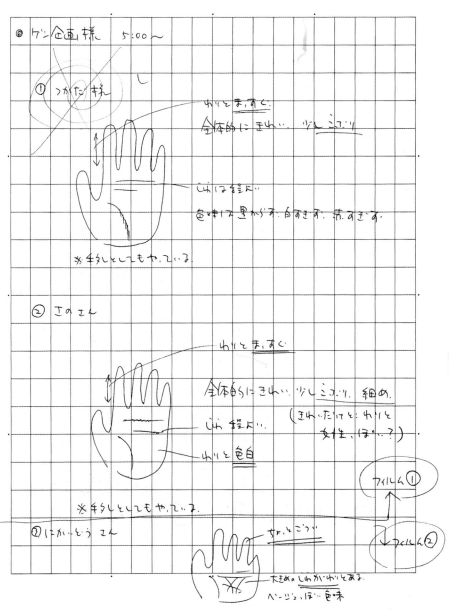

给模特组公司传真件

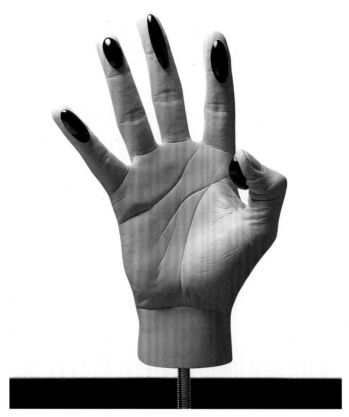

黑人的手。使用入选模特翻制的手
型石膏模型。
前方是模型，下方是用于摄影的
金属制品。

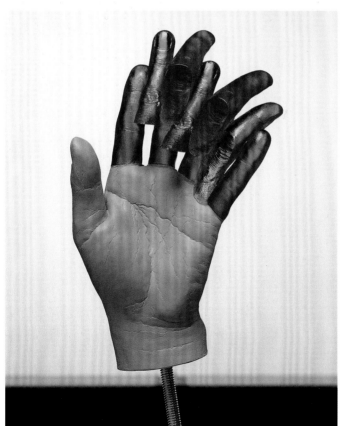

白人的手。使用入选模特翻
制的手型石膏模型。
手指上涂有红色透明树脂。

结合了电脑技术来表现非现实性的手的照片,但能让人
充分感受到具有真实性的质感。

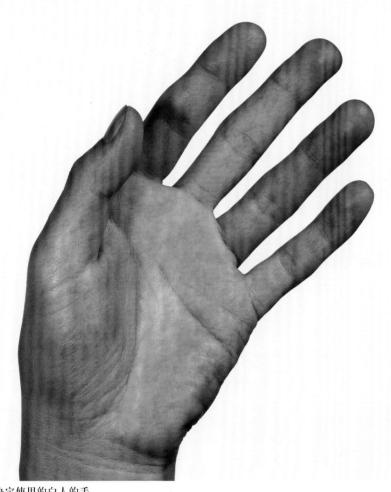

最终决定使用的白人的手

为了强化视觉效果,选择白人模特的手为基础图形,再拍摄人体上最细的毛细血管的照片,抽样选出其中最满意的再加以技术合成。当然,此图像虽实际不存在,但以其真实性,让读者自然产生出所拍摄人的手的形象来。

摄影白人模特的眼睛,取其血管造型用于合成。用各种位置拍摄眼睛。

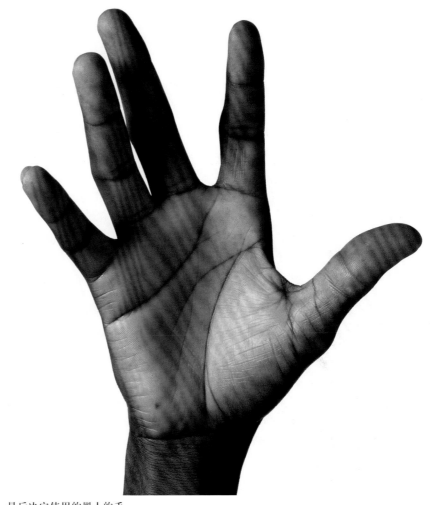

每个人的手掌中都有手纹。同时，指纹千差万别，极少有相同的，甚至全世界的警察都会用指纹来侦查犯罪嫌疑人。这只黑人之手正告诉读者人是怎样的、世界上的黑人是怎样的、撰稿人是怎样的等等抽象的问题。

最后决定使用的黑人的手

为了合成需要拍摄的特写

抽象的世界观中带有真实性。当科学技术的力量与真挚的想像力相结合时，就会产生出奇妙的境界。

艺术指导追求的是世界上绝无仅有的崭新的真实照片，而且每次都能加速新技术的诞生。对技术人员来说，每次为进行新技术的革新都必须反复进行试验，这些看起来几乎是不可能实现的工作的完成，需要不屈不挠的仔细周到的精神和工作态度。

每次当按自己的想象，通过极其困难、错综复杂的工程，创造出满意的作品，创作者都会欣喜若狂。这正是至高无尚的工作精神。工作与真挚的想像力发生共鸣时，会产生出最优秀的工作队伍；当读者一看到照片，便会自然而然地相信照片中的东西确实存在。

户田正寿与技术工作人员商量。第一次工作后进行研讨。

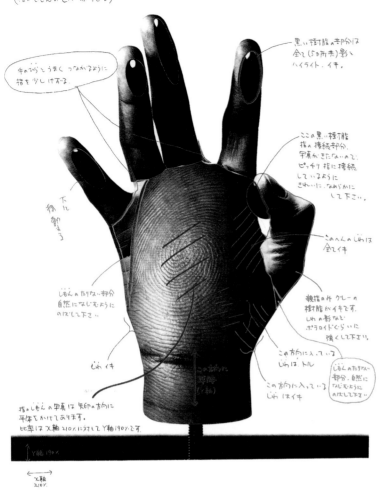

合成的操作指定原稿(手与指纹)

手掌模型的照片

41

完成与技术。艺术指导和匠人在互相排斥、互相融合的
过程中达到最高的接合。

手掌与指纹形状合成后初期阶段。

为了最大限度地展现指纹的质感，完全保留了手掌
中的皱纹。

为了保留指纹的质感，逐渐增加手掌皱纹。

手上的细微的皱纹与石膏模型合成完成。

在手掌皱纹上合成血管状沟槽。

沿手掌皱纹合成血管。

在极细微的掌纹上，精密地合成血管。

最后，全面地合成完成毛细血管造型。

思考、选定模特，制作石膏模型，再摄制，经过反复试验，合成画面的工作过程，构筑了一个完整的时空流程。

对艺术指导来说，平面设计完成最初灵感时，便产生各种各样的产品——血与汗的结晶。最后，确定如何定位于平面几何空间。即使应用了电脑，也属于手工操作，正因为这些工作给予画面以灵魂和生命。

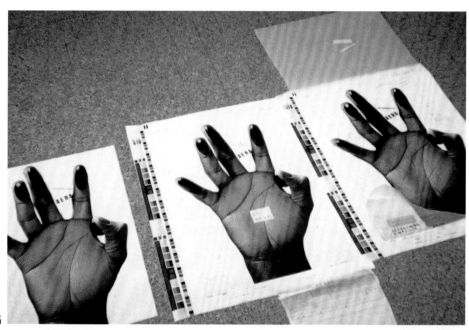

B3(364mm × 515mm)彩色校对稿

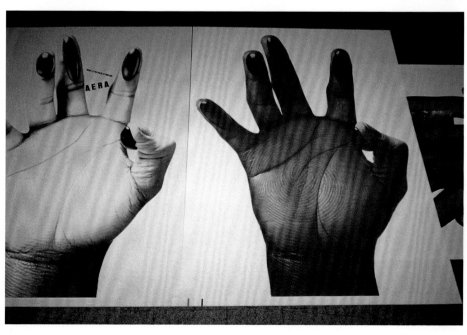

分版稿 B 倍版(1030mm × 1456mm)

印刷完成的两张 B 倍版(1030mm × 1456mm)彩色样稿

比较色差

艺术性与社会性完美地融合，这正是传媒文化的品格。

《时代》于1988年5月创刊，《AERA》既为拉丁语"时代"之意，同时也是取自Asahi shimbun Extra Report and Analysis每个词的第一个字母。

"日本首创的新闻性周刊杂志"是副标题。迄今为止，有很多周刊杂志，都在发行，但其中多为出卖社会丑闻和小道消息为营利目的，而以开辟新闻为中心的"品质期刊"栏目则由《时代》首创。它的竞争对手是美国的《TIME》(《时代》)、《NEWSWEEK》、《新闻周刊》。《时代》报道政治、经济和事件。灵活调配报社特派记者，重点报道国际新闻。积极投入对东欧革命、海湾战争、苏联解体等震撼世界的重大事件的报道工作。

作为一份世界性的周刊杂志，封面使用世界著名人物肖像。首期刊登的是诺贝尔奖获得者、免疫遗传学专家利根川进。此后，也刊登了外国名人肖像，有前苏联总统戈尔巴乔夫、前英国首相撒切尔夫人、古巴总统卡斯特罗。摄影师为日本首屈一指的肖像摄影师坂田荣一郎。坂田与户田正寿合作创作的广告系列，进一步将《时代》推向了全世界。户田以他敏锐的艺术感觉，挑战《时代》所追逐的竞争对手，为《时代》发行成功作出了重大贡献。

户田正寿在日本是具有代表性的设计师。他的设计作品表现出艺术性和社会性完美的平衡，非常适合于注重视觉效果的《AERA》(《时代》)新闻周刊杂志时代。最近，户田迎来了年龄成熟期，使人感受到新颖之中的温柔。相信他的作品、品质与人品将更趋完美。

《AERA》杂志总编 关户卫

"Burberrys BLUE LABEL" Campaign

为百年时装老铺新创面向青年人的时装名牌，为海报、标志、电视宣传片等各种宣传物的制作担任艺术指导，通过二次元平面化的表现方向，把新品牌的形象特点传达给大家。

少女们穿着的方格花纹，超越了沉寂的黑白色，色彩丰富起来了。

1999 年春夏宣传活动用海报

1998 年春夏宣传活动用海报

1996 年秋冬季宣传活动用海报

1997 年秋冬季宣传活动用海报

1998 年秋冬季宣传活动用海报

使用传统的方格纹样，即使没有色彩，只有花纹，也要让人能知道这是什么品牌。

时尚的世界，将地球连成一个整体；老品牌与新品牌激烈交锋，是流动着的有生气的生意场。人们选择购入某个流行款式，可以说与接受品牌形象是同样意义的。为了确立新品牌和构筑、渗透品牌形象，创立一个稳固的视觉形象概念是十分重要的。

持续了1个世纪，引以为荣的英国传统时尚品牌Burberrys BLUE LABEL与日本代表性的服装商家组合，把日本的年轻人当作目标，推出了新品牌系列Burberrys BLUE LABEL。户田正寿以艺术指导的身份从头到尾参与了新品牌形象的构筑宣传活动。

Burberrys BLUE LABEL传统的方格花纹挺括的双排扣对襟大衣形象，很正统，很严肃，很显然是把年轻人排除在外了。为了顺应市场要求，厂家提出了在使用其传统方格纹样的前提下，开发面向年轻人的新款产品的意愿。

如何使在上年纪的消费人群中常见的方格花纹吸引年轻人，使方格花纹显得年轻，应该是赋予户田正寿在这项工作中的一个大课题。

对于最初出现的的方格花纹，即使不着色，只要一看花纹就会知道品牌。因此就设想在所有的宣传物上，用黑白色来表现方格花纹。通过视觉概念来获得与方格花纹是初次相遇，产生一种新鲜的强烈振撼的感觉。

进而在海报和电视广告的制作过程中，连续推出"年轻的"="跳跃"的印象，致使"Burberrys BLUE LABEL"的品牌形象固定了下来。

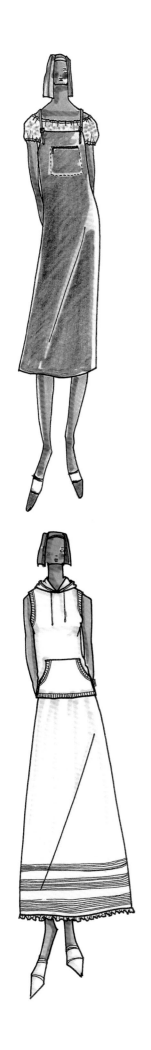
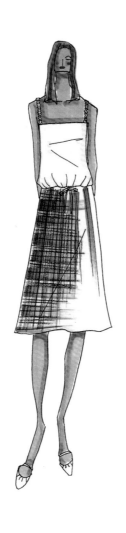

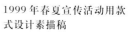
1999 年春夏宣传活动用款
式设计素描稿

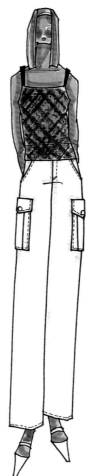

删去多余部分，集中表达最简洁形态的本质、形象的理念。

把 Burberrys BLUE LABEL 的方格花纹用黑白色来展现，从表现到具体的制成品都是一致的。黑白色将方格花纹、模特映得分外新鲜。不可思议的是，如果用彩色的话，无论多么年轻的模特也会使人感到落伍。通过黑白色唤起观看的人的想像力及无限的表现力，向人们传达最洁简的形象本质，由此产生交流。

制作物的构图以横画面为基准。如果将画面竖起来的话就要占杂志的一整页，无论如何也会缩小版面的使用率。除模特的要素以外，后面放上美术雕刻品，构成独自的空间环境。相信户田正寿在这些细节上的考虑都为品牌的推广增添力量。

用手创意发表会的2件
草图

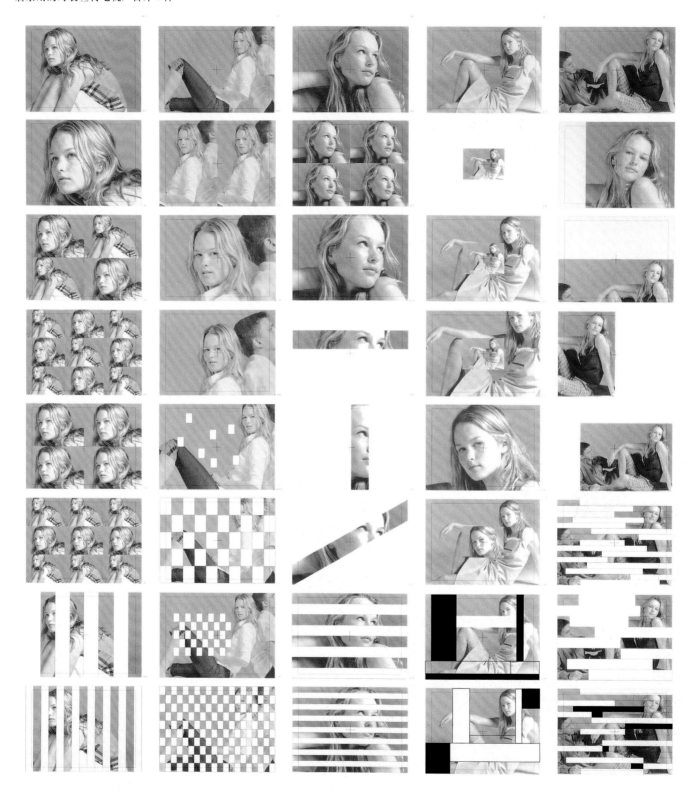

确立时尚的方法论、样式风格以及和欧美工作人员的工作。在决定了摄影师之后，挑选模特尚需1-2个月。

有关时尚的工作，要由欧美的工作人员来做。因为在欧美已确立时尚工作方面的交流的方法论，领导着各种各样的交流。例如，摄影师能否胜任这个时尚的拍摄，成为一个评价基准。这些穿着考究的人用时尚来测试本领。与时尚有关的人都是制造流行时尚的高手。

时尚的摄影，以摄影师、模特、服装为根本。服装是从厂商提供的里面挑选。决定作品成败的最重要的因素是摄影师和模特。

户田正寿从目前引人注目的摄影师的名单中，选择最初的摄影师。他起用了巴特利克·特玛利西埃；这个摄影师在欧美著名的时尚杂志"HARPER'S BAZAAR"等的宣传活动中很活跃，是个拍摄风格非常优雅的人，此后也常与当时走红的摄影师合作。但户田认为最重要的是由艺术指导来挑选摄影师。

模特可与摄影师共同挑选。户田正寿要表现的形象和服装的形象通过摄影师来选择模特。这证明他在欧美的一流时尚摄影师的地位，许多想出名的模特到他那里推销自己。

户田正寿慢慢地花了些时间，精心挑选了一些年龄在15-16岁之间、离超级模特仅一步之遥的模特。

waist 23
hips 34
shoe 8
hair RED
eyes BLUE

SUNNIVA

在时尚摄影方面，由美术指导决定摄影师并与摄影师商量决定作品的拍摄方向。

迄今为止，巴巴利·卜罗莱比罗工作的第一号人物是帕德利库·德麻先罗耶。当时他与MTV头号摄影师马休联手，又和马利奥联手合作共事。

"巴巴利·青"的形象设计

从现在开始推算的3年前，有着悠久历史和传统的服装名牌"巴巴利"，以日本的年青人为主要销售对象，推出了新款式"巴巴利·青"。这是巴巴利服装公司首次为年青人设计服装款式。为了让更多的人来认知这个品牌，宣传工作就显得很重要。经过考虑，决定委托户田正寿来全权负责这项工作。

"巴巴利·青"的视觉传达的概念在最初的想法是"让人看起来很年轻"。在常识中，"巴巴利"的款式是针对成熟的中年人的，而这次则要把这种观点改过来，让人看到年轻，看到青春。在CM和平面设计工作的进行过程中，广告语撰稿人真木准氏想出了"年轻"＝"跳起来"的广告词。

最先做的工作是使"巴巴利"款式在没有颜色的情况下也能从图案上让人认出这是"巴巴利"。于是，第一批宣传物是清一色的黑白。第一个被起用的摄影师是巴特利克·特玛利西埃，这是一个有实力又正好成熟了的摄影师。

他是"HAPER'S BAZZAR"杂志初期的主要摄影师，作品有深度又有激情。在和他进行初次工作洽谈时，户田正寿提出了"只是表现移动、跳跃、转身、蹲下这些行为"的想法，是把这些行为放在美术馆，当一种艺术行为来表现、拍摄，而且户田正寿并不给模特配备舞蹈动作设计师，而让模特自身成为艺术家，去自由地运动。

到第二阶段起用的摄影师是马休·拉尔斯顿，他是当今公认的世界首席MTV摄影师。他自己对流行服装非常兴趣，对服装鉴赏也有很深的造诣。

CM以"前与后"、"白与黑"、"人像球一样撞在墙上，移动跳跃的行为"来表现，大概是拍惯了MTV的缘故，提出了多次快速转换镜头的意见，而户田正寿则坚持长镜头少移动的拍摄方法。于是，在这问题上，两人发生了不少争执。而且，在服装选择上，他希望使用短裙子、短大衣等超短型款式，而户田则坚持要用长裙子来表现一种不是过分前卫的前卫感觉，并且要求在发型上体现出来。

第三阶段起用的摄影师，是今年才二十七八岁，但很有个性的马利奥·索莱提。就是这个年轻人，发现并造就了超级模特凯特·摩斯。马利奥现在主要做的是YVES SAINT LAURENT的拍摄工作，有很强的艺术家气质。他的特长本是室内灯光摄影，但这次和户田正寿合作的工作主要是在户外。

关于节目的音乐，户田正寿也没有完全委任给音乐家去自由创作。与其说是创作音乐，不如说是想一种"声音"。在片子里使用了水、木头等声音；很前卫又与人没有距离感。CM 的成功与否最开始的 3 秒钟是至关重要的。在这个 CM 中，户田正寿

摄影风景

综合了造型、声音、运动等所有造型元素，在片头上下足了工夫。

这 3 个 CM 系列节目，充分在电视服装广告中加入了艺术的成分；电视广告毕竟和别的二次元中的创造不同。从 1996 年开始，户田已经连续 5 次为"巴巴利"制作了宣传促销工作；通过这一系列广告，让人再次认识到"品牌形象必须统一"的重要性。

与摄影师商谈的情景

要很优雅又很有深度地表现好黑白关系，是需要有比彩色制版更高超的技术。

制版程序指定书

色分解版

完成作品

寻找与消费者间的接点，从商店设计到商品本体都要
进行艺术设计，对于时尚品牌来说形象是最重要的。

从一开始起，户田正寿就提出了他独自的策划方案。他在所有的报道媒介方面都
表现了统一感，除了商业TV、广告等报道媒体，还考虑与杂志合作广告的战略，
甚至还进行直销店的空间设计，直接参与各种商品的造型设计。

通过剖析这个策划的成功例子，我们可以深深地体会到在塑造形象时，"统一感"
这一点是多么的重要。

原宿商店店内

原宿商店前草图

存在于爱好与交流之间的东西

在全方位进行的课程里，希望得到与时尚品牌匹配、品牌条款(项目)里没有的东西。无论拍摄什么样的时尚，只要动用模特，只要拍摄报道一些必需的小物件，讲究的穿着就会从各种品牌汇集过来。这些东西应该与这个品牌所具有的风格相称。户田正寿考虑的是具有超现实主义风格的手表和太阳镜。这些妇女的品牌不带一点男性味。

这些小物件具有明确的可视形象；同时，如果不具有现在日本都市青年所喜欢的时代美术性就会索然无味。

追求流行的新品牌和这个品牌本身所具有的传统性是由户田正寿开发出来的一些商品所具有的格调；将这二点互相融合，会产生永不腻烦的新奇魅力。

小商品照片

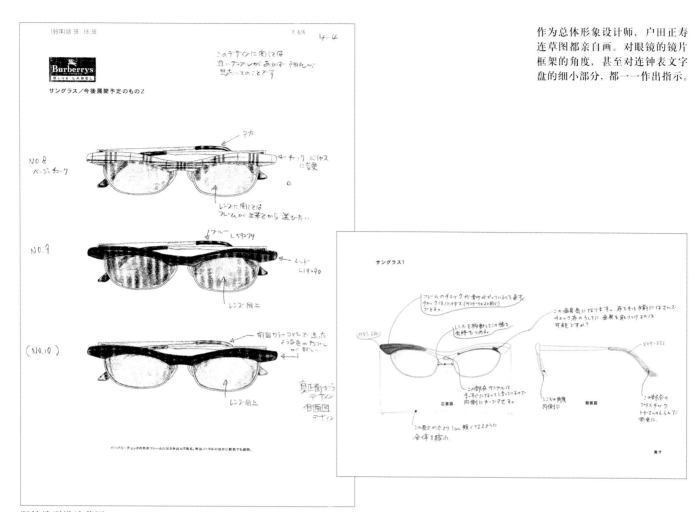

眼镜造型设计草图

作为总体形象设计师，户田正寿
连草图都亲自画。对眼镜的镜片
框架的角度、甚至对连钟表文字
盘的细小部分，都一一作出指示。

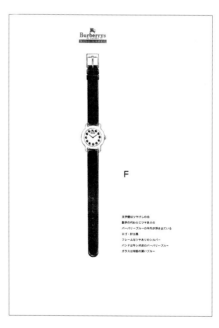

手表造型设计草图

户田正寿和巴巴利·青

决定创设以年轻女性为目标的新品牌"巴巴利·青"成为户田正寿的工作契机。

"巴巴利·青"是家喻户晓的大衣名牌。注重传统式样，即英国式绅士服固定的式样形象。与标准式样相对应，人们对"巴巴利·青"留下了强烈的印象。

为与标准式样相对应"巴巴利·青"有必要创导新的式样。当然，这种式样必须充满流行感觉，适合穿着的新潮。最重要的是要区别于已有的"巴巴利·青"，推陈出新，超越已有的"巴巴利·青"的流行效果。这必须制作轰动效应的广告宣传。以此为前提，委托户田创意之外，本次宣传活动需要崭新的新潮时装感受，富有时代感的艺术创造，超越时代的质地和强烈的广告效应。这是一种形成新思潮的力量。结果大获成功。广告宣传需要综合实力，也许光有新思潮新思想是远远不够的。但是本次宣传活动的成功，正说明了当初设置新潮理念是正确的。这成了成功的一大要素。

7项系列，聘用了4位最高水平的摄影师。其中印象最深的是：户田正寿所构筑的新潮理念，各位摄影师和户田有机的感性融合。以广告特征为前提，相互尊重伙伴个性，又坚持自己的个性。这种工作方式产生出新思维。这种合作过程是很有挑战性的，让人兴奋不已。正因为有着高度紧迫感，才产生出良好的广告效应。

伊势丹CI(利用视觉手段创造企业形象)

伊势丹百货公司为了新战略的需要而开发了CI。标志和外包装设计
焕然一新，商店为招徕顾客安排了盛大的促销文娱活动。企业的成
败胜负在此一举。广告宣传美术部门和负责人所做的好像是红娘说
媒的结亲工作，让消费者的需求和伊势丹的印象在一种幸福气氛的
形式下相会。

CI的开发是从制作新标志开始，到外包装设计为止。解体过去的企业印象，取其精华，弃之糟粕。

户田正寿接受委托开发代表日本的百货公司之一的伊势丹的CI之后，首先提出了要明确理解"伊势丹"的形象，然后才开始工作的要求。

百货公司在日本是一种与战后经济成长一起发展起来的消费文化的象征性存在。百货公司的CI有一种面对消费者、代表大众文化切身窗口的巨大作用；按户田正寿说他当时在接受这个委托时有点紧张。

"伊势丹"即便在百货公司中也占有独自的地位。"三越"、"高岛屋"、"松坂屋"等公司给人一种传统老店的强烈印象。以东京的涉谷为中心，在年轻人常来常往的街上开店的都是那些"摊位出租式商场"的时兴购物大厦，这里的气氛领导当今最时髦的新潮流。"伊势丹"过去给人的印象是在东京的新宿有家总店的有一种清新高雅、现代摩登、稍爱装饰打扮的百货公司。意味深远的是"摩登"这个词。在日本"摩登、现代"的概念既不是拘泥于过去的传统，又不是一个劲地追赶流行，而是超然脱俗的高档品。

正当要展开"伊势丹"是一家"突出时装特色的百货公司"这个商标品牌战略之际，提出要更改CI的计划。

"伊势丹"原来是一家由销售和制做和服的绸缎布匹商店起家的百货店，最初的标志是手写体文字。后来，在户田正寿之前也曾改变过一次CI。那是起用了著名的外国工作人员做的CI，把从叶子上长出来的嫩芽做成标识语。户田正寿曾说他对这个标识语的感觉是：使之有意义＝道理的部分强调过分了，加上有点夸张，缺乏自由度。

户田正寿说他在考虑CI的时候想到的是：今后的事业发展，进入国际市场，如何打出商标品牌战略上的明确的音讯，标志怎么放等等。作为基本的哲学概念，设计方案是：首先使用日本的罗马字(英文字母表记)的活版印刷术；去掉多余的装饰，极尽全力做得简单朴素。而且户田正寿极力主张要强调的是使它具有自由度。

"ISETAN"中的"I"也可以读成1，在读的方面，与爱＝Love也是相通的，在无机的形式中，空白也难，但是文字本身可以有各种各样的意义，丰富多彩，特别有力。以怎么处理I这一点作为出发点，把多张毛坯重叠在白纸上。当然，后来开发的各种各样的产品和符号必须拉过来接上去进行谐调。目标是在此依靠符号的谐调，标识语本身也变成符号而独立存在。因此虽然是简朴自由，但作为视觉容易记住，而且必须使它反映出，以时装为核心的百货商店的形象是优雅、高尚、美丽、具有新的氛围。在具体进行工作的过程中，考虑到在这些要素中有独创的公众社会性是否能获得，并且反复做试验。

后来，户田为了使他的提案能长期成为这家百货店的形象，探求一个最合适的方案。他又多次解体企业的印象，对全新印象所必需的精华进行取舍选择。那时很重视安全感和安定感；户田正寿一边研究空白，一边注意字体不要太细，动脑筋想办法让文字扩大，看上去呈有机的。

另外，在CI中，色彩的印象很大。把其他百货商店不使用的独特的色彩搜寻收集下来，最后，户田正寿决定以深蓝色作基调，在精心设计的部分上使用CI中不太常用的黄色系列的色彩。包装纸也以这些色彩为概念进行设计。

从结果来看，户田正寿的提案受到百货公司的欢迎，传播从那里开始的CI的交流宣传活动在日本也被看作是一次少有的成功。

伊势丹百货公司早期字标

新字标完成前使用的字标

创造品牌新形象需要设计师首先要意识到那个时代的气氛和时代的潮流，再加上企业要求。

首先，决定正体字和斜体字的组合；其次，用正体字和斜体字尝试大文字和小文字的组合，寻求合适的文字编排组合。渐渐地一个最富有魅力的、又让人容易记住的标志形象被确定下来了。而且极难得的是，与把"I"四个角设计成锐角一样，关于色彩的构思也相应而生。

ISETAN

ISETAN

ISETAN

ISETAN

ISETAN

ISETAN

ISETAN

与标志的开发同时并进，CI战略的另一个主要舞台就是商品的外包装设计。

商品的外包装设计，对百货店来说，是它的生命线。把"ISETAN"标志中特有的色彩感觉要放在前面；其印象是现代化的、大都市的，而且是富有个性的。作为设计师的重要工作是制作出其他店没有的、在同类物品中看不到的新式包装和装东西的商品。

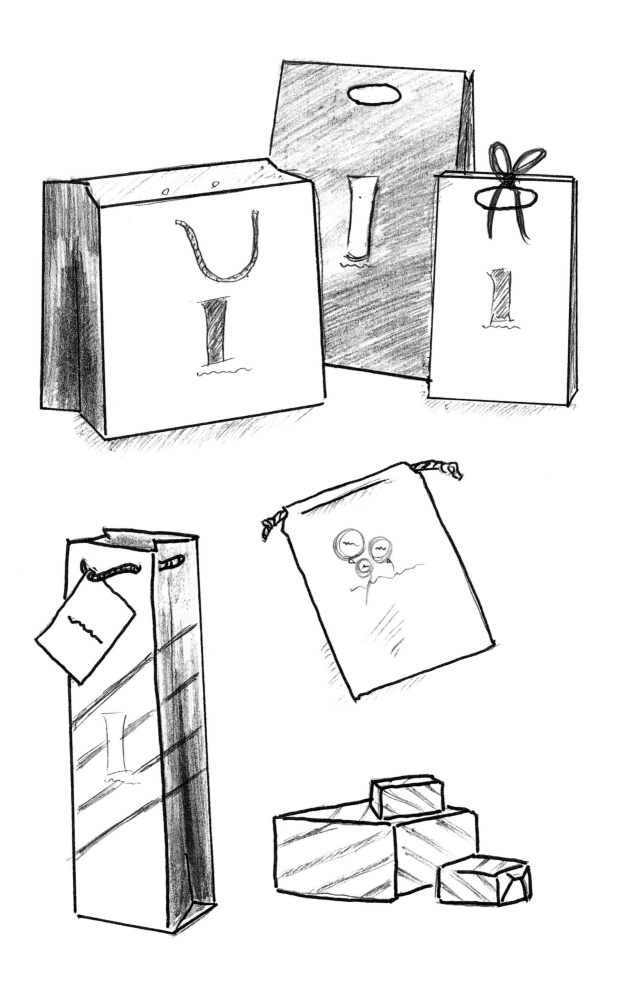

突出时尚特色的百货商店的印象战略是大都市式的；
精练，又没有其他的冒险和计算。

ISETAN

通过媒介使今后的百货商店的形象得以具体化，在二次元中将其充分表现。

户田正寿做着从CI的标志开始到外包装等等的全部制作与设计工作，与此同时，还要对宣传活动进行艺术指导，通过宣传活动招引顾客，使CI在社会上得到认可，通用起来。平面艺术就是引发一切交流的好例子。

B 全版海报(729 × 1030) 4C 2 张

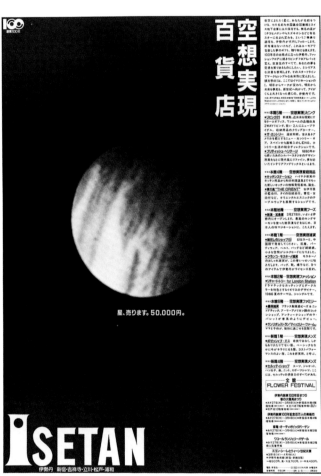

报纸广告 15 段 2 张

完美的设计应该是印象化的、功能性的，而且是永不叫人厌烦的和高质量的。

在日本的百货商店里，包装纸起着重要的作用。百货商店里，有直销店的专卖店以外的柜台，规定所有的商品都要统一使用百货商店开发的包装纸包装。户田正寿设计完成了这样的形象——像时装商品所具有的标签，并使用可开发的标志的色彩，以白色面作基调的包装纸上，以45度方向等间距地并排标签，借此表达一个现代化的、大都市的而且流行时装的百货商店。作为动机，一边使用标识语，一边靠引线使表现有所变化。因此整体的色调中有统一性。这在总体指挥时稍有难度，但也是有意思的一面。

制作完成的包装纸

是广告媒体本身。CI战略的巨大支柱。作为CI来说，要敢于使用很少使用的黄色和深蓝色，使包装袋上的标识记号栩栩如生，包装袋的设计先进而又新颖。

在CI战略中有些设计可以作更改，可是装购物的袋子的设计无法更改，早已被人拎到所有的场所。暴露在众目睽睽之下，从某种意义上讲，它是走在最前面的交流工具，或许可以说它是CI战略的另一根支柱。深受欢迎的时装系列的百货公司，不管在全世界的哪一个城市，商品袋作为一种可以把公司的商标品牌威力带回家的东西，深得人们的宠幸。

"伊势丹"也一样，在开始做CI时，除了打时装品牌外，同时还强烈地感觉到要打国际品牌。因此，成为这家百货公司另一个容貌的商品袋给人的感觉是：不像是日本的百货商店，而是欧美的著名的百货公司。

但是户田正寿的设计概念很明确，他毫不犹豫把商标品牌放在首位。向广告主提出的广告计划书中提及开发商标品牌设计，作为商标品牌核心的精髓"ISETAN"中的"I"这个文字要更加突出强调。在以白色为基调的物品袋上，把商标品牌印得很大。白色有能使人感觉物品简朴清纯的妙处。

户田正寿的想法是：百货商店的CI通过商标品牌可以简单而又强烈地吸引顾客，商店的印象会逐步深入人心。

伊势丹百货公司主要使用的包装纸

屋外空间和户外广告牌等等各种各样用途的标识记号。归纳集中成小型的时尚，还必须使人感到宽广。

从在天井中的指示牌开始，经过装饰店铺的旗子，直到户外的广告牌为止，都要用艺术手法进行设计。户田正寿设想了一个方案，使来到百货商店的人们都能沐浴在视觉艺术里，在无意识中体验空间。

伊势丹圆形户外招牌外观

伊势丹外墙招牌

伊势丹展示牌

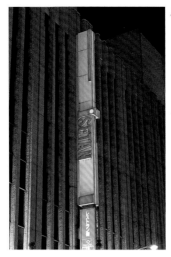

户外霓虹灯招牌

自动防盗门上使用的伊势丹文字

装饰在店铺两旁的伊势丹文字

巴士站上使用的伊势丹文字

作为伊势丹 CI 的美术指导

市场繁荣的 1986 年，伊势丹实施了全面的 CI(法人的·同一性)更改计划，并把它看作百货商店创业一百周年的店庆活动的一部分。

对日本的百货商店来说，更改 CI 就意味着企业印象的改变。特别是伊势丹具有时兴百货公司这样个性的商品化特征。因为是时兴的，企业的形象也必须是最新的。CI 不仅仅是把标志翻新重做一面招牌就完了，而是从包装纸、名片、发货票、信笺抬头开始，直到广告等等，展开所有的促销活动，产生巨大的企业印象的附加价值。所花的代价也是巨大的。

在价值这点上，相似的东西有欧洲传统的徽标。各个公司都像珍惜自己的生命那样把商标品牌、标识语作为重要的无形资产加以保护。现在，已经成为商品化的世界性潮流的名牌的原型就在于此。因为是如此重要的事业，所以提出要开创新的未来，缔造一个时代的哲学概念，邀请包括国外在内的许多著名作家，用竞争形式来进行制作，完全像一个建筑设计的竞标。

其中户田正寿氏的计划，经 CI 委员会的研究讨论结果，公认为是出类拔萃的。漂亮、有力、摩登而且简朴，是一个极具独创风格的设计；在鲜明爽朗的蓝色印刷工艺中，第一个字母 I 配上黄色的点，显得很独特，还有点幽默。

户田正寿是一位可以代表日本的艺术指导，即时还是美术世界中众所周知的大家。他的才能在伊势丹的请求下，不断地制作出来的一个个时装广告中，得到了充分的显示。

伊势丹宣传部山口道惠

1972

户田正寿　略年谱

1948	出生于福井县
1966	毕业于福井县立三国高等学校
1967～1969	3人联展(Tokiwa画廊)
1970	进入高岛屋宣传部工作
	Tableau个展(岗部画廊)
1971	Colage个展(池袋PARCO)
1972	Tableau个展(岗部画廊)
1973	进入有限公司日本设计中心工作
	获朝日广告奖金奖
1974	Tableau "写真和光影" 个展(村松画廊)
	冲绳海洋博览会海报制作
	印象'74联展——今井祝雄、kenshi等(岗部画廊)
1975	获东京ADC奖
	现代版画100人展参展
	印象'75联展——今井祝雄、Kenshi、佐藤晃一、真板雅文(岗部画廊)
1976	户田设计事务所设立
	版画个展(Fuma画廊)
	印象'76联展——今井祝雄、Kenshi、佐藤晃一、真板雅文等(岗部画廊)
1977	美国迈阿密国际版画双年展参展
	MIAMI国际版画双年展参展
	版画个展(纽约)
1978	Tableau个展(Fuma画廊)
1979	获拉哈奇国际海报双年展特别奖
	获东京ADC奖
	日本新形象海报展特邀参展
1980	美国迈阿密国际版画双年展参展
	第25届现代版画展特邀参展

CWAJ 第 25 届现代版画展参展(东京美国俱乐部)

1981   获日本美国平面设计海报展 '81 银奖

            获东京 ADC 会员最高奖

            加拿大国际版画双年展参展

            格拉兰特国际海报展特邀参加

            Colorado 邀请展参展(原美术馆)

            个展(Shirota 画廊)

1982   获朝日广告奖准朝日广告奖

            战后 20 人海报展参展(富山县近代美术馆)

1983   获拉哈奇国际海报双年展首席优秀奖

            获日本现代展三重县立美术馆奖

            获东京 ADC 会员最高奖

            Colorado 国际海报邀请展参展

            Ljubljana 国际版画双年展参展

            雕刻个展(白田画廊)

1984   获日本美国平面设计海报展 '84 金奖 1 枚、银奖 6 枚、铜奖 2 枚

            获东京 ADC 会员奖

            获广告大奖赛最高奖

            获富士产经广告最高奖

            挪威国际版画双年展参展

            现代幽默画展参展(悦玉县立近代美术馆)

            个展(Loft 画廊、铃江仓库)

1985   获第一回 Rublim 国际反战艺术展优秀奖

            获富士产经广告最高奖

            雕刻和摄像艺术个展(News 画廊)

            建筑艺术外壁、装置艺术(伊势丹)

1986   获第 11 届华沙国际海报双年展特别奖

            Palais Royal in Paris 现代海报创作艺术指导 3 人展,

　　　　　　　　　　齐藤诚、井上嗣也(巴黎市主办)

　　　　　　　　　　平面设计展参展(山口县立美术馆)

1987　　　　　　　获第17届Ljubljana国际版画双年展美术馆奖

　　　　　　　　　　Blood 6展参展(银座松屋)

1988　　　　　　　获东京ADC会员奖

　　　　　　　　　　获纽约ADC银奖

　　　　　　　　　　获朝日广告奖准朝日广告奖

　　　　　　　　　　获每日广告奖优秀奖

　　　　　　　　　　获日经广告奖流通部门优秀奖

　　　　　　　　　　Ljubljana国际双年展坂出市民美术馆特邀参展(濑户大桥纪念馆)

　　　　　　　　　　现代海报、现代海报展参展(纽约近代美术馆)

1989　　　　　　　获东京ADC会员奖

　　　　　　　　　　获Cracow国际版画Biennail美术馆奖

　　　　　　　　　　获朝日广告奖准朝日广告奖

　　　　　　　　　　Budapest国际版画双年展参展

　　　　　　　　　　拉哈奇国际海报双年展国际审查员

　　　　　　　　　　拉哈奇海报美术馆3人联展参展

　　　　　　　　　　国际海报特邀参加

　　　　　　　　　　国际海报双年展特邀参加

　　　　　　　　　　川崎市市民美术馆

　　　　　　　　　　日本海报展参展(纽约近代美术馆)

　　　　　　　　　　双人联展(瑞典)

　　　　　　　　　　Makoto Saitou、Stockholm Design Center

1990　　　　　　　获法国国际设计展金奖

　　　　　　　　　　获朝日广告奖准朝日广告奖

　　　　　　　　　　今日设计展参展(东京国立近代美术馆工艺馆)

1991　　　　　　　获朝日广告奖准朝日广告奖

　　　　　　　　　　获拉哈奇美术双年展第三名

获第 3 届富山国际海报双年展银奖

日本杰出海报 100 人展参展(东京、国际巡回展等巡回展)

日本的平面设计展参展

日本的平面设计展参展(伦敦)

东京的海报展参展(蓬皮杜艺术中心、巴黎)

1991 奥尔马蒂斯 VS 户田正寿双人展

出任剧团青年座 水上勉编剧的舞台剧 "从树上下来" 的舞台美术

1993   获 Cresta 国际广告奖海报部门金奖

日本的海报展参展

80 年代日本海报名作展参展

Colorado 国际海报展参展

东京 GGG 画廊 100 回邀请展参展

日本的海报、艺术和工艺展(匈牙利)

出任由宗左近作词、三好晃作曲的舞台剧 "绳文太鼓" 的舞台美术和服装设计

1994   获第 4 届富山国际海报双年展银奖

获墨西哥海报双年展银奖

出任纽约 "黑泽明展" 总策划

1995   个展 'X=T 展览会安托尼姆美术馆(芝加哥)

1996   获第 17 届国际布尔诺平面设计双年展金奖

日本的海报展参展(意大利·米兰)

墨西哥海报双年展参展

小堀远州的美学绮丽展

(三越、MOA 美术馆、足利市立美术馆、林原美术馆、石川县立美术馆等)

1997   获拉哈奇国际海报双年展金奖

战后世代海报展参展(日本国际海报美术馆)

1998   出任新宿高岛屋 "Big Comic 30 周年展" 总策划人(小学馆)

1999   出任黑泽明绘画全集总策划人、总艺术指导

后 记

朱 锷

设计工作，一般来说都有两个阶段，一个是"找想法"阶段，一个是"实现想法"阶段。以建筑设计为例来说就是"设计"与"施工"，这两个阶段都很重要，不然，即使建筑家的设计再好，施工成了危房，那也白搭。平面设计也是如此，没有想法时，满世界地找想法，一旦有了想法，又要开始发愁怎样把它用一种比较好的形式表现出来。

如果没有特殊情况，我一般很少去印刷工场的，因为看到自己的设计的东西在印刷机上一张连一张地往外跑，虽然不能说没有愉快感，却怎么也不能不自己问自己"这样的东西张贴出去，真的没有关系吗？"每次我都想下一次一定要做得更好些，想是想，真要做，难也是很难。这种时候，我都想知道别的设计师们是怎么做的，我努力让我自己处于一只眼睛干着自己的，另一只眼睛盯着别人是怎么干的状态。

现在，我们要看些各种作品集、各种设计年鉴的机会很多，厚厚薄薄，各色各样的都有，内容量也大，只是总让我感到缺少点什么，怎么看怎么觉得与它有距离，想来想去，发现原来最想看的其实还是躲在完成作品背后的那个"想法是怎么来的过程"，这样的书却少之又少。

多亏了周围的一帮朋友，相帮着整出了这套技法书，如今大家看看这些终于成了型的书还成，朋友们自然高兴，我也有些踏实，觉得气力没白下。

视觉语言丛书·著名平面设计家·户田正寿(作品/技法)

书　　名：户田正寿的设计技法
策　　划：郑晓颖　姚震西
主　　编：朱　锷
设计制作：朱锷设计事务所
　　　　　日本国神奈川县横滨市户塚区矢部町 941
　　　　　ARUBERUBIBUI 101
　　　　　FAX: 0081-45-862-4755
责任编辑：姚震西　白　桦
出　　版：广西美术出版社
发　　行：广西美术出版社
社　　址：广西南宁市望园路 9 号(530022)
经　　销：全国新华书店
印　　制：深圳雅昌彩色印刷有限公司
开　　本：635 mm × 965 mm 1/8
印　　张：11.5
版　　次：2000 年 1 月第 1 版
印　　次：2000 年 1 月第 1 次印刷
书　　号：ISBN 7-80625-669-5/J·541
定　　价：70.00 元